エッセイ集

百山百首

楠井孝一

砂子屋書房

*目次

I　日本百名山登頂記

日本百名山登頂記（1）　13
日本百名山登頂記（2）　16
日本百名山登頂記（3）　19
日本百名山登頂記（4）　23
日本百名山登頂記（5・完）　27

II　百山百首

百山百首（1）　33
百山百首（2）　37

百山百首（3） 41
百山百首（4） 45
百山百首（5） 49
百山百首（6） 53
百山百首（7） 57
百山百首（8） 61
百山百首（9） 65
百山百首（10） 69
百山百首（11） 73
百山百首（12） 77
百山百首（13・完） 81

Ⅲ　ミッセラニアス

百名山お礼参り　87
思い出日記・スイススキー旅行　91
淡墨桜　101
心に残るうた（1）　104
心に残るうた（2）　107
心に残るうた（3）　110
心に残るうた（4）　113
私の好きなうた（1）　116
私の好きなうた（2）　118
私の好きなうた（3）　120

私のうた（1）　「思ひ出」　122
私のうた（2）　「父をうたふ」　124
私のうた（3）　「食べ物を詠む」　126

あとがき　129

装本・倉本　修

エッセイ集

百山百首

I　日本百名山登頂記

日本百名山登頂記（1）

昨年の九月二十八日朝中央アルプスの空木岳の二八六四メートルの頂上に立ち、日本百名山の全山登頂を達成した。

十九歳の時の伊吹山登山から実に五十二年という歳月が経過しており、古希を過ぎていささか感受性の鈍ってきている私でもさすがにじんと来るものがあった。

当日は初秋の高曇りの天候で、天竜川の谷を隔てて聳え立つ南アルプスの三千米峰が、みな勢揃いしてあたかも私を祝福してくれているようで、ひときわ感慨深く感じられた。

思えば私は三人の山の師に恵まれた。

最初の師は、学生アルバイトの家庭教師の生徒の父君K氏で、いきなり今でも難路とされる北アルプスの五竜岳、鹿島槍ヶ岳の縦走に連れて行かれた。この方はまさに戦中派の一人で、戦地での話を色々と聞きながら五竜岳に至る長い遠見尾根の道を登った。私よりも十五歳ほど年上だが今もご健在だろうかと時々ふとお顔を思い出す。

二人目の師は会社のスキー仲間で一年後輩のU氏である。

彼に従って昭和三十八年の五月の連休にスキーを担いで残雪の乗鞍岳に登り、頂上から信州側の本谷のカールを滑降した。帰りのバスの車窓から我々二人のシュプールがカールの真ん中に縄を縫うようにはっきりと望まれた時の満足感は今も忘れられない。その後二、三年は会社の山岳部の面々と山行を重ねたが、段々と社会人としての仕事に追われて山行きがかなわなくなり、スキーは続けたものの登山からは遠ざかることになってしまった。その後も山好きの傾向は変わらず、高原散歩をしたり山岳カレンダーを買ってきて部屋に飾ったり、いわば山への思いは残しつつ山には行けぬ生活が三十年余り続くこととなった。

平成八年岐阜の会社に単身赴任して、北方に連なる奥美濃の山並に心は躍ったもののにわかに登山という気にはなれずにいた。ところがこの会社に、私の三人目の山の師となる御仁がまさに隣り合わせの席に居られたのであった。六歳年上のこの高名な登山家H氏に従って三年目の夏に北アルプスの心臓部の双六岳に登るにおよんで、脚力への自信回復とともに再び登山熱が燃え上がった。以来四年の間、この師に従って夏ごとに白山、妙高山、火打山、笠岳、黒部五郎岳を巡る山旅は生涯忘れ得ぬ思い出となった。

もし岐阜に行かなかったら、またこの師に巡り会わなかったら、私の後半生は随分違ったものになっていたであろう。大げさにいえば、この出会いによって私の人生は大きく転回したのであって今では感謝の言葉もない。

平成十五年夏岐阜から帰った後も、十九年までに上信越や東北など計三十二座に登り、合計五十五座にまあ自分の登山歴もこんなものだと一応の満足を感じていた。

（「央」36号）

日本百名山登頂記（2）

平成十九年登山シーズンも終った秋の松戸市文化祭の歌会に、招待講師として女性歌人のS先生が参加された。歌会の後の懇親会で、先生がすでに百名山を踏破されたと聞いて驚愕するとともに、自分も何としても百名山を完登すべしという新たな火が心の底に燃え上がった。

平成二十年で七十歳という年齢を考えると余り時間が残されているとはいえず、残り四十五座を二年で登り切るというかなり強引な計画を立てた。一年目の平成二十年は前述のU氏との四月末の巻機山登山からはじめたが、雪が固く締まっていてアイゼンが要らなかったのには驚いた。次いで四十数年振りにアイゼンを履いて皇海山《すかいさん》と武尊山《ほたかやま》に登り、延べ十七回の山行を重ねて十月に、これまたスキーの旧友のY氏と千曲川源流の甲武信岳に登ってこの年の目標二十五座を登り終えた。六月は日本最北端の利尻岳、遡って五月には九州の祖母山と、まさに北奔南走の慌しい一年であった。

二年目の昨二十一年は、残り二十座の登山を五月から九月に集中して十一回の山行を繰り返し、前述の九月末の空木岳登頂にこぎ着けた次第である。この空木岳山行には学校と会社同期の親友F氏と、この数年間で百名山約二十座をともにした義兄弟のK氏がつき合ってくれて、誠に楽しいありがたい山行となった。

振り返ると最盛期の七、八月には、山行から帰って二、三日置いてまた出掛けることもしばしばで、洗濯物が乾いたらまたリュックに詰めて飛び出して行くと家内が半ば呆れていた。

こうなると足は鍛え上げられて筋肉痛などはもはや起らず、人間の体は何歳でも鍛えればもつのだ、三浦雄一郎を見よなどと半ば開き直って友だちや家内にうそぶいていた。

一方で七～九月の繁忙期にも、現在所属する三つの歌会の欠席は二回だけだったから、五年前にはじめ今も魅せられて止まない短歌と強行軍の登山とを、私は何とか両立させ得たのだという何ともおかしな満足感に今は浸っているのである。

このように嵐の如き二年間であったが、今後は普通のペースで若い頃に登った白馬、五竜、鹿島槍や槍、穂高の名峰を再訪したい。何しろこれらの山々は初登頂以来五十年余、最後の登頂からでも四十数年経ってしまっているのに、それぞれの頂上からの展望を今なお鮮明に覚えているのだから何とも懐かしく慕わしい限りである。ともあれこの二年間に風の如く駆け抜けた四十五座の山々に、同時に五十二年前の伊吹山以降の百名山すべての山々に、さして危険な目にも合わずに無事登頂させてくれたことに心からなる感謝の気持ちを捧げたい。その内の幾つかの山々には、再び訪れる日の好天も祈らねばならないのだ。老け込んでいる訳には到底いかないのである。

（「央」37号）

日本百名山登頂記（3）

前号の末尾に、百名山すべての山々に無事登頂させてくれたことに対する感謝の気持ちを捧げたいと述べたが、これを一山につき一首の歌を詠んで果せぬものかと甚だ生意気なことを思いついた。それぞれの歌の中に山の名は絶対必要だし、その特徴も頂上での展望や天候も、さらには私自身の感慨もみな盛り込みたいが、三十一文字ではとても無理だから不足を承知の上で「一山一首」に挑戦してみることとした。到底意は尽くせぬが気持の一部でも表現できればと考える次第である。

①利尻岳より見はるかすオホーツクの群青の海ひと筋の水脈《みを》

②吹きすさぶ羅臼の山の頂きに立つを能はずかがみて歩む

③仰ぎ見る斜里岳の鋭き頂きに雲わき出でて視界を閉ざす

④噴煙の立つ雌阿寒の頂きにみなが集ひて輪になりランチ
⑤荒れ狂ふ羊蹄山の岩頭に四股踏む姿勢に風やり過ごす
⑥十勝岳大正火口の噴煙が富良野盆地の空に伸びゆく
⑦トムラウシは花多き山雪田の脇に宴のチングルマ畑
⑧渓谷《たに》を詰め稜線たどりヒグマ住む沢見下ろして幌尻岳へ
⑨赤、青、黄、白の花、花、花の生ふる大雪山を歩き通せり
⑩岩木山津軽平野を睥睨すあまたの人が祈り来りき
⑪群れ立てる火の山がその懐に湿原を抱く八甲田山
⑫やはらかき傾りの襞が襞ごとに出で湯を抱く八幡平は
⑬日本一と諾ひてをり岩手山の傾りをおほふコマクサの群れ
⑭早池峰の傾りにそよぐウスユキソウが礼《ゐや》してくるる我も礼《ゐや》する
⑮雪渓をつめて鳥海の峰に立ち藍より青き日本海見放《さ》く
⑯月山のお花畑を伝ひ来る風が甘いと妻笑みて言ふ
⑰ブナの生ふるしたたかに長き尾根のはて大朝日岳の頂上の風
⑱みちのくをふた分けざまに聳え給ふ蔵王の峰に茂吉の歌碑立つ

⑲山上に長く伸びたる修験道固有種ひとつ飯豊りんだう
⑳やはらかき傾りが森におほはれて西吾妻山慈母のごとしも
㉑乳首山安達太良山の強風に吹かれし後の出で湯の温し
㉒磐梯山爆裂火口を見下ろしてはらから四人の天上ランチ
㉓熊笹の傾りのくぼみ駒の池に逆さにうつる会津駒ヶ岳
㉔雷の合間をぬひて長きながき尾根道をゆく越後駒ヶ岳
㉕平ヶ岳の頂きちかき雪田の退けばたちまち花畑生ふ
㉖巻機山魚沼平野を見下してひと日ひたすら雪の道ゆく
㉗谷川岳雨風強き尾根道をあへぎ登りつスキー担ぎて
㉘日本海より寄せくる雲が我の立つ雨飾山をおほひゆくなり
㉙苗場山池塘を抱く大斜面を眺めゐる間に霧とざしゆく
㉚えり巻きの外輪山を従へて妙高は北信五岳の盟主
㉛ハートマークの雪渓を抱く火打山天狗の庭の奥に在します
㉜高妻山ながき尾根道その先に急登のあり嘆息の山

日本列島を中央大分水嶺の線に沿って南下し、北海道、東北から上信越の山々まで計三十二座を踏破して来た。登頂順ではなく、概ね北から南への山旅である。次回は北アルプスから関東の山々へ足を進めて行きたい。

（「央」38号）

日本百名山登頂記（4）

東北から北関東、上信越にさしかかると日本列島の幅が大きく拡がり、中央大分水嶺の両側を右に左に振れながら徐々に西南の方向へと進んで行くこととなる。振り回されつつも楽しみながら一山一山を歩いて行きたい。

㉝風にゆれる駒草の群れかもしかの親子も見たり草津白根に
㉞ヤマトタケルが妻を偲びし四阿山《あづまやさん》吾妻の郡《こほり》嬬恋村の
㉟浅間山天をゆるがす強風に火口の煙千々に乱れて
㊱岩壁の雪形をもて代掻きの季を教へし白馬岳は
㊲武田菱がモルゲンロートを弾きくる五竜の峰の東面の壁
㊳首をかしげ双耳の峰が招きゐるわが最愛の鹿島槍岳

㊴鎖場を一つ二つと越えて行く岩の要塞劒の峰は
㊵立山の雄山神社に詣でたり海抜三千メートルの祝詞
㊶やはらかきカールを三つ胸に抱く菩薩とも見つ薬師の嶺を
㊷大カールの残雪がいま照り映えて黒部五郎岳貴婦人と見ゆ
㊸黒部川のその源を振り分けてひときは高き水晶の峰
㊹頂きの真下に小さき池を抱く黒部源流鷲羽の峰は
㊺槍ヶ岳北アルプスの盟主なる屹立の峰天を突くなり
㊻北アルプスの総監督のたたずまひ穂高の嶺の懐をゆく
㊼安曇野の主のごとしも民草を見守りて立つ常念の峰
㊽天平の女人の笠かやはらかき稜線を引く笠ヶ岳見ゆ
㊾風やみて焼岳の白き噴煙が大正池の水面に映る
㊿乗鞍は大分水嶺の最高峰その本谷を滑りたる日よ
51西風に白き煙をなびかせて那須茶臼岳のび上がり見ゆ
52燧ヶ岳こは日の本の背骨なり四方に聳ゆる百名山十座
53至仏山ひろく尾瀬ヶ原見放くあまたの沼のひかりの鎖

㊿男体山の頂き近しふり向けば戦場ヶ原に秋風の立つ
㊻一陣の風乳色の霧をはらひ日光白根の巨き峰見ゆ
㊼新調のアイゼン履きて登り来し皇海山頂に寒き雨ふる
㊽撃退されまたも挑みし武尊山雪ふかき道難渋のみち
㊾赤城山ゆ利根の流れを隔てる浅間、白根に手を振りてをり
㊾逞しき双耳の嶺の筑波山腰の太さは誰にも負けぬ
㊿両神山くみし易きと思ひしに岩稜続く「さりとは」の道
61中天に真白き富士の峰あふぐ雲取山に雲は取れずも
62三国をふり分けて立つ甲武信岳ぶなの傾りのそのまた上に
63金峰山額の汗をぬぐひつつ五丈岩なる巨岩を見上ぐ
64恐竜の背びれとも見ゆ岩稜が連なりて立つ瑞牆山は
65金色の針のかたちに散りつづく大菩薩嶺のからまつ林
66蛭ヶ岳は鎧ふがごとしその先の丹沢山のやさしき傾り
67茜雲のかかる富士の嶺あふぎつつふいに翼が欲しくなりたり
68石楠花の繁みを分けて辿り来しはらから四人の天城山頂

今回三十六座を踏破して合計六十八座となったが、まだ日本列島の真ん中に差し掛かったに過ぎない。この日本の屋根の部分、地図で見る茶色とこげ茶色の部分をコツコツと歩いて行く他ないのである。

（「央」39号）

日本百名山登頂記（5・完）

信州はどちらを向いても山また山である。その真ん中をひたすらに辿っている最中である。

⑲大いなる神かとも見ゆ冬空に白く浮き立つ御岳の嶺
⑳アルプスを展望せむと登り来し美ヶ原に霧晴れやらず
㉑霧ヶ峰その頂を発せむと秒読み待ちし大回転レース
㉒千曲川越しに浅間山あふぐ蓼科山の頂きに立ち
㉓八ヶ岳の主《あるじ》赤岳の峰に立つ妻は存外けろりとしてる
㉔千畳敷のカールを詰めて木曽駒に登り来れば御岳が呼ぶ
㉕天上より滝ほとばしる如く見ゆ空木の峰の北面の壁

⑯恵那山へ淡きピンクの石楠花がゆれる下道ひたすらに行く
⑰母衣と見ゆる摩利支天峰を従へて甲斐駒ヶ岳武者姿なる
⑱仙丈ヶ岳そのたたずまひ嫋やかに貴婦人の名に諾ひてをり
⑲薬師岳、観音岳に地蔵岳三峰をゆく鳳凰山は
⑳大いなるバットレスあり北岳の日本第二位の高峰あふぐ
㉑日本最長三千米の稜線の頂きに来ついま間《あひ》ノ岳
㉒何処より見るも兜を思はする塩見岳この孤高の山は
㉓荒川三山その主なる悪沢岳頂きの気をいま吸うてゐる
㉔赤石岳頂上直下の大カールを花に慰められつつ登る
㉕吊り尾根が天を支ふるごと見ゆる聖の峰に夕靄の立つ
㉖長きながき尾根つたひ来て光岳《てかりだけ》の光れる岩に腰かけてゐる
㉗名にし負ふ花の山なり白山の傾りはすべて花の絨毯
㉘足病むに堪へ登り来し荒島の峰より見放くる白山の嶺
㉙日本海からの雪雲が止められ伊吹の峰にどか雪の降る
㉚茫々と続く山波に雲わきて大台ヶ原はけふも雨降る

(91)大峰山山伏が駆けし修験道を街住む我がいま辿りゆく
(92)大山の谷筋の雪眠たげに初夏の日射しを弾きくるなり
(93)四つ国を見渡して立つ剣山のミヤマクマザサ生ふ頂きに
(94)石鎚の山の頂き華やぎぬアケボノツツジが四面照らしゐて
(95)九重山つらなる峰を見渡せば煙立つ山花かかぐ山
(96)少し右に傾きたるがいとほしやしばし見返る祖母山の峰
(97)男孫らと阿蘇高岳に登り来ぬいま噴き上がる火口の煙
(98)男の孫と老いの二人が晴れわたる霧島山に弁当ひろぐ
(99)円錐のかたち極むる開聞岳雲は傾りを駆け上がり来る
(100)太平洋をほしいままにす屋久島の宮之浦岳頂上に立ち

やっと信州を抜けて西へ西へと一気に進み、最南端屋久島の百座目、宮之浦岳踏破までこぎつけることができた。

前述の如く一番最後は、中央アルプスの空木岳となったが、その嶮しさや岩壁の美しさは格別で特に印象的であった。

ここで昨年の賀状に載せた二首を改めて紹介して登頂時の感慨を伝えたい。

半世紀追ひ求め来し百名山秋空木岳頂上に立つ
遠き日の伊吹登山に始まりし遍歴がけふフィナーレとなる

誠に勝手気儘な山の話を五回にわたってお読み頂き、誠にありがとうございました。心から御礼申し上げます。

（「央」40号）

Ⅱ　百山百首

百山百首（1）

平成二十一年秋、中央アルプスの空木岳に登り、日本百名山登頂を達成した。その後短歌季刊誌「央」に「日本百名山登頂記」を五回にわたって連載し、それぞれの山について一首ずつ歌を詠んで百山百首を完成させた。

今回この私の百山百首について、歌を含めたエッセイを書いてはどうかとのお誘いを「合歓」から頂いた。百座の山々は私にとってこの上なく懐かしく、それぞれの山の記憶を再びペンで辿る歓びは何物にも替えがたい。拙い歌と文章ではあるが、当分の間、私の「百山百首」にお付き合いくださるようお願いしたい。

①利尻岳より見はるかすオホーツクの群青の海一筋の水脈《みを》　（利尻岳）

頂上から見下ろした光景はまさにこの歌のとおりで、鮮やかな群青色の海に伸びる一筋の水脈があたかも空を切り裂いて行く飛行機雲のようにも思えた。またこの島では海抜ゼロメートルの海辺の道にも高山植物が咲き乱れていて大層印象的であった。

②吹きすさぶ羅臼の山の頂きに立つを能はずかがみて歩む　（羅臼岳）

あまりの強風に皆が腰を折ってそろそろと歩き、まるで高齢者の団体のようで可笑しかった。登山の前日、登山基地の岩尾別温泉に向かう道でヒグマの子供に出合った。母熊が見張っているのでバスからは降りられず、皆で車中から写真を撮った。子熊といっても大猪ほどのサイズで、我々のバスには目もくれず無心に木の芽を貪っていた。

③仰ぎ見る斜里岳の鋭き頂きに雲わき出でて視界を閉ざす　（斜里岳）

あいにく雲が厚く展望がかなわなかったので、眼を閉じて十数年前の知床旅行の折に右の車窓に見えた斜里岳の姿を心のスクリーンに再現してみた。左右に長く尾根を伸ばした秀麗な斜里岳がそこにはあった。最近は年に数回訪れる江戸崎カントリー倶楽部で、レストランの正面を飾る立派な斜里岳の絵に毎回手を挙げて挨拶をしている私である。

④噴煙の立つ雌阿寒の頂きにみなが集ひて輪になりランチ　　（雌阿寒岳）

青空の下四方に立ちのぼる噴煙を眺めながらの素晴らしいランチであった。足下の樹海の真ん中にオンネトーが紺碧の眸のような水面を光らせてしきりにアピールしていた。

⑤荒れ狂ふ羊蹄山の岩頭に四股踏む姿勢に風やり過ごす　　（羊蹄山）

ここでも登山の限界に近い猛烈な風に見舞われた。ガイドの指示で男女がペアとなり、強風のたびにそれぞれ肘を絡め合って四股を踏む姿勢をとるという奇妙な動作を繰り返したのだが、その時は皆それなりに必死の形相であった。

⑥十勝岳大正火口の噴煙が富良野盆地の空に伸びゆく　　（十勝岳）

十勝岳から富良野盆地の空に伸びてゆく煙が大きな慈愛の雲のように感じられ、暫し足を止めてその行方を眺めていた。

⑦トムラウシは花多き山雪田の脇に宴のチングルマ畑　（トムラウシ）

七時間の登り道はとても厳しいものであったが、頂上直下の雪田の脇に雪解けを待って咲いたばかりのチングルマ畑がとりわけ見事であった。花多き山と呼ばれるにふさわしい、美しく忘れがたい山であった。

（「合歓」五六号）

百山百首（2）

⑧渓谷《たに》をつめ稜線たどりヒグマ住む沢見下ろして幌尻岳へ　（幌尻岳）

生まれて初めて徒渉靴なるものを履いて片道二時間半の沢登りを楽しみ、狭く嶮しい尾根道の登攣を経てヒグマの住む沢を見下ろしながら一日半がかりで頂上に立った。

雲ひとつないいい好天に恵まれ、大雪山系の山々はもちろん遠く西に羊蹄山まで望見できた。サポート隊の北大の院生たちが、頂上で湯を沸かしてサービスしてくれたコーヒーと紅茶の味が格別であった。

⑨赤、青、黄、白の花、花、花の生ふる大雪山を歩き通せり　（大雪山）

層雲峡から黒岳に登り旭岳へと縦走した。天候に恵まれ、豊かな残雪と見事なお花畑、周囲の山々の大展望等々最高の一日であった。この山のお花畑は石楠花、ウコンウツギ、チングルマなど単一の花がそれぞれに大群落を作っていてそのスケールに圧倒された。様々な花が混じり咲く白山や月山とはひと味違う豪快極まりない大花畑であった。

⑩岩木山津軽平野を睥睨すあまたの人が祈り来りき　（岩木山）

弘前城での花見の行き帰りにバスの窓から仰いだ岩木山の大きな存在感は今も瞼に焼き付いている。三年前の登頂の際頂上に立つ立派な社殿を見て、古くからの信仰の山であったことを再認識したのであった。

⑪群れ立てる火の山がその懐に湿原を抱く八甲田山　（八甲田山）

幾つもの火山や渓谷、池塘や湿原が連なり、進むほどに刻々と景色が変わってゆく秘境中の秘境である。麓の酸ヶ湯温泉では、湯煙の立ち込める数百人収容の大混浴風呂で何とも大らかな気分を味わった。

⑫やはらかき傾りの襞が襞ごとに出で湯を抱く八幡平は　（八幡平）

なだらかな溶岩台地の谷筋ごとに湯煙が立つ、深田久弥のいう逍遥型高原の秘境である。そのひとつ松川温泉に宿泊して広大な八幡平の杜と沼のみちを文字通り逍遥した。

⑬日本一と諾ひてをり岩手山の傾りをおほふコマクサの群れ　（岩手山）

コマクサのお花畑を通るべく、あえて標高差の大きい焼け走りの登山口から登った。期待に違わずその規模、密度、花株の大きさや元気さなど、過去に見たどのお花畑よりも立派で、その美しい眺めが雲厚く強風に叩かれた頂上での厳しさを和らげ相殺してくれた。

⑭早池峰の傾りにそよぐウスユキソウが礼《ゐや》してくるる我も礼《ゐや》する　（早池峰山）

往路河原坊からの急坂を登ったがこれは正解で、風にそよぐ可憐な固有種のハヤチネウスユキソウは登りの斜面に多く見られた。広い頂上部分には多くの社殿や祠が点在しており、この山もまた古くから麓の人々から崇められた信仰の山なのだと実感した。

（「合歓」五七号）

百山百首（3）

⑮雪渓をつめて鳥海の峰に立ち藍より青き日本海見放《さ》く　（鳥海山）

紺碧の「鳥の湖」を右に眺めながら稜線を行き、長い長い雪渓を何本もつめて頂上に達した。登りの途中、朝の陽が鳥海山の影を真っ青な日本海に写すという雄大な光景に出会い、しばし立ち止って見とれていた。

⑯月山のお花畑を伝ひ来る風が甘いと妻笑みていふ　（月山）

スキー場のリフトの先の月山頂上直下まで伸びる広い谷は一面のお花畑であった。様々な花が色とりどりに咲き乱れる斜面には処々に雪田が残り、その上を時々風が吹き抜けて来て登りの汗を払ってくれた。この登りの途中の休憩の様子を詠ったのが右の歌で、家族山行の楽しい記録詠となった。

⑰ブナの生ふるしたたかに長き尾根のはて大朝日岳の頂上の風　（大朝日岳）

峻しい沢道、ぶなの繁る長い長い尾根を経て到達した頂上の風は格別であった。頂上から奥に延々と伸びる連峰を望んでこの山塊の厚みを実感した。

⑱みちのくをふた分けざまに聳え給ふ蔵王の峰に茂吉の歌碑立つ　（蔵王山）

三句までは山頂の茂吉の歌碑の歌からの本歌どりである。歌のとおりにこの大火山は奥州をまさに東西に振り分けて鎮座し、その懐に樹氷原観光の拠点となる大温泉郷を抱いているのである。

⑲山上に長く伸びたる修験道固有種ひとつ飯豊りんだう　（飯豊山）

山上の切合小屋に二泊して飯豊本山経由最高峰の大日岳を往復した。大日岳よりさらに奥にも部厚い山稜が重畳と連なっており、我々が歩いたのはほんの入口なのであった。日本有数の大山塊の奥深さを実感した。またこの山の固有種であるイイデリンドウの繊細優美な姿はまさに特筆すべきものであった。

⑳やはらかき傾りが森におほはれて西吾妻山慈母のごとしも　（西吾妻山）

吾妻山塊には岩峰などはなく、ほとんどの峰が針葉樹の森に覆われて優雅な稜線を見せている。その最高峰西吾妻山の頂きも木立の中にひっそりと佇んでいて、思わず土に跪いて手を合わせたくなるような一種神秘的な感覚を味わった。

㉑乳首山安達太良山の強風に吹かれし後の出で湯の温し　（安達太良山）

高村光太郎の詩で有名な安達太良山は見事な乳首山である。孫たちと登れる手軽な山と見たが頂上附近の強風に驚き、之では孫が飛ばされてしまうと妻と苦笑しつつ温泉小屋に下山した。

㉒磐梯山爆裂火口を見下ろしてはらから四人の天上ランチ　（磐梯山）

無風の頂上より大爆裂火口を見下ろしながら義妹夫婦と我々四人は至福の天上ランチを楽しんだ。裏磐梯の湖沼群が美しく輝き、真正面には吾妻山塊が優雅な稜線を空に引いていた。

（「合歓」五八号）

百山百首（4）

㉓熊笹の傾りのくぼみ駒の池に逆さにうつる会津駒ヶ岳　（会津駒ヶ岳）

頂上手前の駒の小屋から花一杯の駒の池を前景にどっしりとした会津駒ヶ岳を眺めていると、まるで標高二千米の雲上の楽園に立っているかのような気がした。頂上から望む南方には、このあたりの最高峰で前年に登った尾瀬の燧ヶ岳がその黒々とした立派な峰を天空に向かって誇らし気に突き上げていた。

㉔雷の合間をぬひて長きながき尾根道をゆく越後駒ヶ岳　（越後駒ヶ岳）

いつ雷が来るかとびくびくしながら辿る明神尾根、小倉尾根の道がそれはそれは長かった。念願の頂上からの上越国境の山々の展望はかなわず、帰路でのうるさい虻との戦に疲れ果てて銀山平の宿に転がり込んだのであった。

㉕平ヶ岳頂きちかき雪田の退けばたちまち花畑生ふ　（平ヶ岳）

只見川源流の元の登山口からではなく中の俣の短縮登山道から登った。頂上部分に広大な湿原が広がり、雪田が融け出すとすぐ色々な高山植物が芽吹いて立派なお花畑に育っていくのである。ここでも東南の方向に尾瀬の燧ヶ岳がでんと鎮座していた。

㉖巻機山魚沼平野を見下してひと日ひたすら雪の道ゆく　（巻機山）

五月連休なのに登山口からずっと雪の道。でもほどよく締まりほどよく緩んだ雪道は一日中アイゼン要らずで少々驚いた。生憎の曇天で越後三山や苗場山などの展望はかなわなかったが、南の方角、上越のマッターホルンと呼ばれる大源太山の凄い尖峰に見惚れていた。

㉗谷川岳雨風強き尾根道をあへぎ登りつスキー担ぎて　（谷川岳）

嵐の中スキーを担いで西黒尾根を登った。頂上西の大斜面でのスキーは当然かなわなかった。帰路高崎駅で買った夕刊でケネディ大統領の暗殺を知った時の衝撃は今も記憶に新しい。

㉘日本海より寄せくる雲が我の立つ雨飾山をおほひゆくなり　（雨飾山）

二千米弱の山なのに北に位置するからか多くのミニ氷河地形が見られる珍しい山である。頂上から糸魚川の街を見下していると日本海から雲が湧いて来て瞬く間に視界を遮っていった。

㉙苗場山池塘を抱く大斜面を眺めゐる間に霧とざしゆく　（苗場山）

秋山郷から小赤沢の道を辿り山頂の大斜面の一部にとりついた。数キロ四方におよぶ大斜面は無数の池塘を抱き、我国の山岳地形の中でも特筆に値する雄大な景観を見せているのである。

㉚えり巻きの外輪山を従へて妙高は北信五岳の盟主

（妙高山）

東方から見る妙高山をえり巻きとかげに喩えたのは私なりの独創である。
頂上での展望よりも、前日の夕方燕温泉で入った露天風呂の見事な白濁の湯がこの山行中最大の記憶となった。

（「合歓」五九号）

百山百首（5）

㉛ハートマークの雪渓を抱く火打山天狗の庭の奥に在します　（火打山）

高谷池を経て天狗の庭の秘境を進むと、火打山が可愛い雪渓を光らせて我々を迎えてくれた。そのわずか二キロ先、焼山の山腹から噴気の柱が轟音とともに空に吹き上っており、ただ唖然としてその不思議な光景に見とれていた。

㉜高妻山ながき尾根道その先に急登のあり嘆息の山　（高妻山）

八方尾根から東方を望むと、高妻山から乙妻山にのびる立派な吊尾根がひときわ目を引く。冬場には氷の壁となって屹立している。戸隠連峰から連なる長い尾根道の最後の急坂を文字通り、喘ぎ嘆息しながら頂上に達した。

㉝風にゆれる駒草の群れかもしかの親子も見たり草津白根に　（草津白根山）

大勢の観光客が集う湯釜やバスターミナルから背後の逢の峰や弓池越しに見えるのが草津白根山の本峰である。

この一帯は訪れる人も少なく、斜面には地元の中学生たちが保護し育てたコマクサが咲き乱れ、カモシカにさえ出会えるミニ秘境なのである。

㉞ヤマトタケルが妻を偲びし四阿山《あづまやさん》吾妻の郡《こほり》嬬恋村の　（四阿山）

菅平から根子岳を経由する昔の登山道ではなく、楽をしてパルコール嬬恋スキー場のロープウェイで二千米の稜線まで登った。そこから平坦な尾根道を経て汗もかかずに頂上に立ち、四方の大展望を楽しんだ。帰り際にふり返って望む四阿山はなだらかな稜線を空に引いて、ヤマトタケルの妻恋いの故事を伝えるにふさわしい優雅な佇まいを見せていた。

㉟浅間山天をゆるがす強風に火口の煙千々に乱れて　（浅間山）

火山活動による入山禁止が解除されている間にと、一番内側の外輪山である網掛山に登り数百米先の火口を窺った。もの凄い強風が火口からの煙を激しく吹きとばしていた。

㊱岸壁の雪形をもて代搔きの季を教へし白馬岳は　（白馬岳）

初回、二回目とも北廻りの白馬大池ルートだったので、三回目は猿倉からの大雪渓ルートを登った。三・五キロにおよぶ日本一の大雪渓の迫力と、大雪渓の上部や小雪渓周辺の色とりどりの豪華なお花畑を満喫した。

㊲武田菱がモルゲンロートを弾きくる五竜の峰の東面の壁　（五竜岳）

㊳首をかしげ双耳の峰が招きゐるわが最愛の鹿島槍岳　（鹿島槍岳）

この二峰の縦走が五十数年前の私の日本アルプス初登山であった。一昨年夏、半世紀ぶりの三回目の登山でも、五竜岳の大岩壁の眺めや大キレットの道、さらに鹿島槍南峰から北峰に連なる吊尾根の道を堪能することができた。

また西方に劒岳・立山から薬師岳を望む大展望はまさに迫力満点であった。

（「合歓」六〇号）

百山百首（6）

㊴鎖場を一つ二つと越えて行く岩の要塞劒の峰は　（劒岳）

強い西風が吹き稜線上の吹き抜け通過の時には相当の緊張を強いられた。お蔭で有名な蟹の縦ばいや横ばいの難所もプレッシャーなく通過できた。
頂上での展望はかなわなかったが、当日は強風による登頂断念者が続出したから我々は十分に幸せ者であった。

㊵立山の雄山神社に詣でたり海抜三千メートルの祝詞　（立山）

快晴の下義妹夫婦と我々の四人は雄山から大汝山、富士の折立の三千米の稜線歩きを満喫した。右に立山のカール群、左に室堂や弥陀ヶ原を見下ろす雄大な眺めが今も記憶に新しい。

㊶やはらかきカールを三つ胸に抱く菩薩とも見つ薬師の嶺を　（薬師岳）

太郎平小屋から薬師岳山荘経由薬師岳の頂上に立ち、前日雲の平から感嘆しつつ眺めた東側の美しいカール群を見下ろした。それぞれのカールの底の豊富な残雪が強く陽光を弾いていた。

㊷大カールの残雪がいま照り映えて黒部五郎岳貴婦人と見ゆ　（黒部五郎岳）

ひとつの山が氷河に削られくり抜かれて円形の尾根が大カールをとり囲んでいる。こんな形の山は日本にはなくその姿は優雅で、三俣蓮華岳の頂上からこの山を見た私は思わず「これは貴婦人だ！」と大声で叫んだのであった。

㊸黒部川その源を振り分けてひときは高き水晶の峰　（水晶岳）

槍ヶ岳の頂上から北方を望むと、三千米近い水晶岳、別名黒岳の峰が左右に肩を張った堂々たる山容を見せる。夕刻高天ヶ原山荘のテラスから眺めた水晶岳から赤牛岳の長大な尾根が夕陽に輝くさまは忘れがたい思い出である。

㊹頂きの真下に小さき池を抱く黒部源流鷲羽の峰は　（鷲羽岳）

南方の双六岳から見る鷲羽岳は、あたかも荒鷲が左右に羽を拡げているように見え中々見応えがある。頂上直下の池の反対側、北西の斜面に刻まれた何本かの沢筋があの黒部川の源流なのである。

㊺槍ヶ岳北アルプスの盟主なる屹立の峰天を突くなり　（槍ヶ岳）

北アルプスを展望する人はその中心に必ずピンと尖った槍ヶ岳の鋭鋒を見つけるだろう。それは北アルプスの盟主たるの気概を見せて屹立しており、見る者に一種独特の緊張感を齎してくれる。このような山は日本広しと雖も槍ヶ岳を置いて他にはない。

（穂高岳）

㊻北アルプスの総監督のたたずまひ穂高の嶺の懐を行く

万事派手な槍ヶ岳に比べて一見地味に見えるが、五つのピークを連ねて圧倒的な存在感をアピールしているのがこの山である。脇役のように見えるが実は周囲すべてを差配する総監督のようだと気付いたのは、我ながらクリーンヒットであったと密かに自負している。

（「合歓」六一号）

百山百首（7）

㊼安曇野の主のごとしも民草を見守りて立つ常念の峰　（常念岳）

常念岳は槍、穂高連峰にもっとも近い展望台の位置にある。ある初秋の快晴の朝、常念山頂から眺めた槍、穂高連峰のスカイラインは、梓川の谷を跨いでまるで私の上に乗りかかって来るような大迫力であった。

㊽天平の女人の笠かやはらかき稜線を引く笠ヶ岳見ゆ　（笠岳）

北の方角から望む笠ヶ岳の姿は、左右に長く稜線を引いてあたかも天平の女人笠を思わせ、その優雅な眺めは我国山岳景観中の白眉である。また頂上から仰いだ槍ヶ岳の肩から昇る見事なご来光は生涯忘れる事のできない記憶である。

㊾風やみて焼岳の白き噴煙が大正池の水面に映る　（焼岳）

日本最高の山岳景勝地である上高地の玄関口に鎮座して、来訪者を歓迎してくれるのが焼岳と大正池のコンビである。これに焼岳の噴煙が加わるといっそう趣が増すのである。

㊿乗鞍は大分水嶺の最高峰その本谷を滑りたる日よ　（乗鞍岳）

日本列島を縦に貫く大分水嶺の最高峰である乗鞍岳は、私の登った最初の三千米峰である。昭和三十八年四月末の連休にこの山に春山スキーで登った岳友と私は、頂上から本谷のカールと弥陀ヶ原の大斜面を滑降した。本谷に刻まれた自分たちのシュプールを帰りのバスから眺めて感激に浸っていた。

51西風に白き煙をなびかせて那須茶臼岳のび上がり見ゆ　（那須岳）

三十年ほど前那須に家族旅行しロープウェイを使って頂上に立った。之が四人家族で行った我家の唯一の百名山登山である。今も東北への行き帰りに那須岳の煙を見るたび、いささか安直だった家族登山を思い出して苦笑している。

㊼燧ヶ岳こは日の本の背骨なり四方に聳ゆる百名山十座　（燧ヶ岳）

燧ヶ岳の頂上から周囲の山々を見廻しながら、この山は文字通り日本の背骨なのではないかと実感した。周辺の近場やほどよい距離に百名山の名峰がいくつも指折り数えられ、私は年甲斐もなく少々興奮気味であった。

㊽至仏山ひろく尾瀬ヶ原見放くあまたの沼のひかりの鎖　（至仏山）

好天の下至佛山には燧ヶ岳登山の翌日に登った。頂上から見下ろす尾瀬ヶ原は無数の池塘や沼を抱き、それらがきらきらと陽射しを弾いて鎖のように繋がっていた。この「ひかりの鎖」に優る表現を未だに思いつかない私である。

(54)男体山の頂き近しふり向けば戦場ヶ原に秋風の立つ　（男体山）

中禅寺湖畔、二荒山神社の境内から続くきつい急登の道はまるで行を強いられているように感じられた。それ丈に頂上近くからふり返る戦場ヶ原の雄大な眺めには大いに慰められた。

（「合歓」六二号）

百山百首（8）

㊺一陣の風乳色の霧をはらひ日光白根の巨き峰見ゆ　（奥白根山）

菅沼から弥陀ヶ池を経て専ら霧の中を行き、標高二五七八米、関東以北の最高峰に達した。頂上から五色沼に下り弥陀ヶ池まで戻る道は人気もなく、まさに初秋の秘境の旅であった。

㊻新調のアイゼン履きて登り来し皇海山頂に寒き雨降る　（皇海山）

頂上直下の雪道は凍結していて四十五年ぶりにアイゼンを履いて登った。頂上での寒い小雨の中でのランチや、帰路栗原川林道の悪路で苦労したことなども今は懐かしい思い出である。

⑰撃退されまたも挑みし武尊山雪深き道難渋のみち　（武尊山）

五月連休の武尊山は想像以上に雪深く、東側の登山道から挑んだものの雪道のラッセルに手間取って途中撤退を余儀なくされた。翌週少しでも短いルートで西側の武尊神社口から登り、漸く念願を果たすことができた。帰路西方の谷川連峰の残雪が眩しく照り映えて私たちの苦闘を労ってくれていた。

⑱赤城山ゆ利根の流れを隔てたる浅間、白根に手を振りてをり　（赤城山）

赤城山最高峰、黒檜山からの展望は雄大である。利根川の谷の向うに浅間山と白根山が優雅なスカイラインを引き、手前には榛名山が個性的な山容で精一杯自己主張していた。

⑲逞しき双耳の峰の筑波山腰の太さは誰にも負けぬ　（筑波山）

関東平野の北にどっしりと坐る筑波山は逞しくも美しい双耳峰である。加えて山そのものの台座が頗る大きく見え、標高八七七米と百名山中一番低い山であるのにその存在感と重量感は他の名山にまったく引けを取らない。

⑹両神山くみし易きと思ひしに岩稜続く「さりとは」の道　（両神山）

山の厳しさは高さだけで決まるものではないということを強烈に思い知らされた山行であった。鎖場の続く嶮しい道を何と表現するか思案していて、安国寺恵瓊がかの藤吉郎秀吉を評した言葉を不意に思い出したのである。

⑹中天に真白き富士の峰あふぐ雲取山に雲は取れずも　（雲取山）

三条の湯に泊まった前夜、谷底から見上げる狭い空を埋め尽くす星々のもの凄い照度に驚いた。さらに翌日雲取山の頂上から望んだ初雪の富士の秀麗な姿が脳裏に焼き付いて今も離れない。

⑹三国をふり分けて立つ甲武信岳ぶなの傾りのそのまた上に　（甲武信岳）

十月中旬の千曲川源流の谷は金色に黄葉した落葉松が山野を隈なく覆い尽くし、あたかも黄金郷に迷い込んだように思われた。その奥の小さな沢があの千曲川の源流で、落葉の下からかすかに水がしみ出していた。翌日甲武信岳の頂上からの展望でも、主役はやはり長く裾野を引く富士山なのであった。

（「合歓」六二号）

百山百首（9）

㊸金峰山額の汗をぬぐひつつ五丈岩なる巨岩を見上ぐ　（金峰山）

大弛峠から奥秩父の主稜線を西に辿り、二時間半で連峰の最高峰、二五九九米の金峰山頂上に立った。当日は南アルプスの展望は利かず、山頂に屹立する五丈岩の記憶のみが鮮明である。

㊹恐竜の背びれとも見ゆ岩稜が連なりて立つ瑞牆山は　（瑞牆山）

瑞牆山荘からの登り道の途中視界が開けて瑞牆山の全容が姿を現した。左に長くギザギザの岩稜を連ねる姿はまさに立ち上がった恐竜そのものであり、その勇壮な姿は今も瞼から離れない。

⑥⑤金色の針のかたちに散りつづく大菩薩嶺のからまつ林　（大菩薩嶺）

晩秋の一日まず大菩薩峠に登り、広い熊笹の稜線を経て大菩薩嶺の頂上に達した。頂上から下る尾根の道は見事に黄葉したから松のトンネルで、細長い針のようなから松の落葉が、陽を浴びて金色に輝きながら私たちの頭上に舞い落ちて来るのであった。

⑥⑥蛭ヶ岳は鎧ふがごとしその先の丹沢山のやさしき傾り　（丹沢山）

ユーシンロッジを起点に先ず丹沢の最高峰、蛭ヶ岳に登った。途中から望む蛭ヶ岳は鎧武者のような堂々たる姿を見せていた。蛭ヶ岳からなだらかな姿の丹沢山に至り、そこから塔の岳へという一般とは逆のコースを辿って丹沢山系の登山を満喫した。

⑥⑦西雲のかかる富士の嶺あふぎつつふいに翼が欲しくなりたり　（富士山）

ある春の日の夕刻上りの新幹線が富士川にさしかかった時、茜雲を纏った大きな富士山が左の車窓に飛び込んで来た。雲の切れ目からわずかにのぞく頂上は夕陽を浴びて輝いており、あまりの美しさに不意にその高みまで飛んで行きたい衝動に駆られた。

⑱石楠花の繁みを分けて辿り来しはらから四人の天城山頂　（天城山）

石楠花の繁みに囲まれた何とも地味な頂上よりも途中の娑羅の木の大群落の方が印象的だった。晩秋なので花はなかったが、林立する娑羅双樹の幹が木漏れ日を弾いて照り輝いて見えた。

⑲大いなる神かとも見ゆ冬空に白く浮き立つ御岳の嶺　（御岳）

少年の頃伊勢湾の奥に白く浮き立つ御岳の神々しい姿に魅せられたのが私の生涯の山狂いの原点である。秋の一日王滝口から登り五の池小屋に一泊してこの巨大な山を満喫した。

登山者が多いのは最高点の剣ヶ峰までで、その先の二の池から奥は摩利支天、四の池、継子岳など皆秘境の趣を止めていた。

⑺アルプスを展望せむと登り来し美ヶ原に霧晴れやらず　（美ヶ原）

この巨大な高原は二千米の頂上部分まで車道が通じ登山のムードはないが、アルプスの展望台としての価値には今もまったく変わりがないのである。

（「合歓」六四号）

百山百首（10）

⑺霧ヶ峰その頂を発せむと秒読み待ちし大回転レース　（霧ヶ峰）

オリンピックならぬ草競馬であってもスタート前の秒読みは本当に痺れるものである。何回か味わったレース直前のあの鋭い緊張感は、私の生涯記憶の中で薄まっていくどころか、半世紀たった今も鮮やかに思い出される。

⑻千曲川越しに浅間山あふぐ蓼科山の頂に立ち　（蓼科山）

八ヶ岳連峰の北端にどっしりと聳える蓼科山は浅間山の添え物には止まらぬ立派な風格の山である。頂上から優雅な稜線を引き長大な裾野を持つその姿は諏訪富士の名にぴったたりである。

㊸八ヶ岳の主《あるじ》赤岳の峰に立つ妻は存外けろりとしてる　（八ヶ岳）

前日美濃戸口から入山し赤岳鉱泉に泊まった二組の夫婦は、翌日行者小屋経由急斜面ながら鉄製階段に守られた文三郎道を登り、きつい鎖場も越えて頂上に立った。一番弱い筈の妻が大変快調で助かったが、そのつけは帰宅後のひどい筋肉痛という形で返って来た。

㊹千畳敷のカールを詰めて木曽駒に登り来れば御岳が呼ぶ　（木曽駒ヶ岳）

麓からロープウェイ約十分で千畳敷カールに着き、さらに二時間弱の登りで木曽駒ヶ岳の頂上に達する。かくも手軽に行ける山なのに周囲の御岳、八ヶ岳、南アルプスにお隣りの宝剣岳等展望が絶品である。即ちこの山は八十歳でも再訪可能なありがたい山なのである。

⑮天上より滝ほとばしる如く見ゆ空木の峰の北面の壁　　（空木岳）

宝剣岳から中央アルプスの主稜線を南に縦走すると空木岳の北壁が左手前方に迫って来る。白っぽい岩壁が谷に切れ落ちるさまはまさに天上の滝そのものである。この空木岳登頂を以て私の半世紀にわたる百名山遍歴が完結した。

⑯恵那山へ淡きピンクの石楠花がゆれる下道ひたすらに行く　　（恵那山）

登山道、頂上とも樹木が生い繁り、ほとんど展望がきかないこの山の記憶は道沿いに咲き乱れる石楠花の見事さに尽きる。淡いピンクの大輪の花々はあたかも山中に見る牡丹の大群落であった。

⑰母衣と見ゆる摩利支天峰を従へて甲斐駒ヶ岳武者姿なる　　（甲斐駒ヶ岳）

南側に張り出したドーム状の摩利支天峰を母衣《ほろ》に見立てたのはお手柄だったと秘かに自

負している。この凛々しい騎馬武者を誰と見るかだが、地元の甲斐の人ならやはりあの武田二十四将の中の一人だというに違いない。

⑱仙丈ヶ岳そのたたずまひ嫋やかに貴婦人の名に諾ひてをり　（仙丈ヶ岳）

頂上から南北に伸びる穏やかな稜線とその両側にカールを抱く造形美によりこの山は南アルプスの女王、貴婦人という称号を得た。男性的な甲斐駒と嫋やかなこの山のシルエットが南アルプスの北縁を美しく締め括っている。

（「合歓」六五号）

百山百首（11）

⑲薬師岳、観音岳に地蔵岳三峰を行く鳳凰山は　（鳳凰山）

夜叉神峠から鳳凰三山に登る縦走路は南アルプスの中核、白根三山の絶好の展望台である。残雪の縞模様が美しい三山の眺めと、三山のしんがり地蔵岳のオベリスクの特異な造形を心に焼き付けて青木鉱泉への道を下った。

⑳大いなるバットレスあり北岳の日本第二の高峰あふぐ　（北岳）

白根御池小屋経由荒天の北岳頂上に達し、北岳山荘に避難の後、翌日八本歯のコルから大樺沢を下った。途中左手に日本有数の大岩壁、北岳のバットレスを見上げ、その並外れた大迫力に驚嘆の声を発していた。

㉛日本最長三千米の稜線の頂きに来ついま間《あひ》ノ岳　　　（間ノ岳）

仙塩尾根を北上し、分岐点の三峰岳から間の岳西尾根を経て間ノ岳頂上に立った。この三峰岳から間ノ岳頂上を通って稜線上の中白峰に至る二キロ半の部分が、日本最長の標高三千米の稜線歩きのコースなのである。

㉜何処より見るも兜を思はする塩見岳この孤高の山は　　　（塩見岳）

南アルプスの中央に位置するこの山は北方の北岳や間ノ岳、南方の赤石、荒川連峰から少し離れて屹立しておりまさに孤高の山の佇まいを見せる。さらに西方の中央高速道も含めて何処から見ても兜形の頂きを誇示しているのだ。

㉝荒川三山その主なる悪沢岳頂きの気をいま吸うてゐる　　　（悪沢岳）

赤石小屋から見上げる悪沢岳は左右に立派な尾根を従え我国第六位の高峰に相応しい堂々たる姿を見せる。また手前の荒川前岳では西尾根大崩落の凄まじい光景に唯息を呑む思いであった。

⑧④赤石岳頂上直下の大カールを花に慰められつつ登る　（赤石岳）

南アルプスというのは赤石山脈の別称であり、赤石の名はこの山の周辺に多い赤い岩石に由来している。このように赤石岳はまさに南アルプスの盟主なのである。さらに南アルプスの中で一番豊富な高山植物のお花畑がカールを登る私たちを勇気づけてくれた。

⑧⑤吊り尾根が天を支ふるごと見ゆる聖の峰に夕靄の立つ　（聖岳）

聖平から見上げる聖岳はその見事な吊り尾根があたかも天を支えているように見え、南アルプス最南端、つまり日本最南端の三千米峰に相応しい堂々たる風格を見せていた。翌日その頂から望んだ赤石岳の巨大な姿も今に忘れがたい。

㊻長きながき尾根つたひ来て光岳《てかりだけ》の光れる石に腰かけてゐる　（光岳）

茶臼小屋を起点にはるか南方の光岳を一日で往復した。誠にきつい二十数キロの行程は南アルプス十座の総仕上げに相応しい苦行であった。さらに頂上直下の光石まで下り、その白い石に触れ、かつ踏みしめて南アルプス完登の納めの儀式とした。

（「合歓」六六号）

百山百首（12）

⑰名にし負ふ花の山なり白山の傾りはすべて花の絨毯　（白山）

花の名山として名高いこの山は、「ハクサン」の名を冠する高山植物が一番多いことでも知られる。御前峰から下った先の大汝山の大斜面、千蛇ヶ池から室堂へ、さらに弥陀ヶ原から一泊した南竜馬場の小屋に至るまでこの山は咲き盛る花の絨毯で覆われていた。

⑱足病むに堪へ登り来し荒島の峰より見放くる白山の嶺　（荒島岳）

九頭竜川の上流、勝原スキー場の斜面を登り、高度を稼ぐほどに北方の白山の峰々が空にせり上がって行く眺めを楽しんだ。五月下旬の白山は豊かな残雪を光らせ悠然と空に屹立していた。

⑧⑨日本海からの雪雲が止められ伊吹の山にどか雪の降る　（伊吹山）

列島最大の北風の吹き抜け口に位置するこの山は冬大豪雪の山となる。豊富な雪と広々とした山頂部の地形が、この山を標高は低くとも立派な高山植物のメッカたらしめているのである。

⑨⓪茫々と続く山波に雲わきて大台ヶ原はけふも雨降る　（大台ヶ原山）

昔、奥志摩に旅して西南方向の海上に浮かび上がる大台ヶ原山を遠望した。六年前の秋、紀伊山脈に分け入った私はどこまでも続く山波に圧倒され、さらに大規模な倒木が続く五十年前の伊勢湾台風の爪痕に唯々驚いていた。

⑨①大峰山山伏が駆けし修験道を街住む我がいま辿りゆく　（大峰山）

麓の天川川合から長大な尾根の道を経て大峰山の頂上、標高一九一五米の八経ヶ岳山頂に達した。翌日下山の折これが昔から続く修験道、いわゆる「大峰奥駆け道」なのだと味わい、踏みしめながら帰路に着いた。

⑫大山の谷筋の雪眠たげに初夏の日射しを弾きくるなり　（大山）

大阪での新入社員の冬に大山スキー場を訪れ、白銀に輝く大山北壁の偉容に魅了された。四年前の再訪でも初夏の大山が充分に歓待してくれた。登山道からの日本海の大展望や剣ヶ峰に至る頂陵部分の崩落の大迫力、さらに下山途中の若緑の斜面と雪渓が織りなす見事な縞模様などを充分に堪能した。

⑬四つ国を見渡して立つ剣山のミヤマクマザサ生ふ頂に　（剣山）

剣山《つるぎさん》とその西方の次郎笈《ぐら》はともにミヤマクマザサにびっしりと覆われて、実に雄大で穏やかな山容を見せている。遙か西には伊予の石鎚山が望まれ、まさに四国全体を見渡すような気分であった。

⑭石鎚の山の頂き華やぎぬアケボノツツジが四面照らしゐて　（石鎚山）

石鎚土小屋から暫く緩い尾根道を行き、二の鎖手前からの急登を経て弥山頂上の石鎚神社奥宮に達した。石鎚山固有種のイシヅチザクラもさることながら、圧巻は山頂一帯を明るく照らすアケボノツツジの群落であった。

（「合歓」六七号）

百山百首（13・完）

⑮九重山つらなる峰を見渡せば煙立つ山花かかぐ山　（九重山）

九州本土最高峰の中岳を中心に千七百米峰を連ねる九重山の道は、一時間毎に眺めががらりと変わる楽しい道である。その光景に四季を通じて一本芯を通すのが、硫黄山から立ち昇る白い噴煙の柱である。

⑯少し右に傾きたるがいとほしやしばし見返る祖母山の峰　（祖母山）

神話のふるさと、高千穂峡に前泊し翌朝北谷登山口から頂上を目指した。
この日は薄曇で阿蘇山は望めなかったが、登山道を明るく照らす満開のミヤマキリシマが大歓迎してくれた。

⑰男孫らと阿蘇高岳に登り来ぬいま噴き上がる火口の煙　（阿蘇山）

大分空港からレンタカーで走り、鹿児島に住む長男の家族と阿蘇外輪山の大観峰で落ち合った。その日は漱石が執筆の為に滞在した内牧温泉の山王閣に泊まり、翌日六人で阿蘇高岳に登った。雲ひとつない晴天に恵まれ、頂上での風が実に心地良かった。

⑱男の孫と老いの二人が晴れわたる霧島山に弁当ひろぐ　（霧島山）

この日は下の孫が風邪なので上の孫と我々の三人で霧島山に登り、新燃岳から高千穂峰に連なる雄大な展望を楽しんだ。満開のミヤマキリシマが見事だったが、孫の興味の対象は専ら下山道で見つけた狸の穴で、そこに住む子狸の様子を下山後も興奮気味に何度も話していた。

⑲円錐のかたち極むる開聞岳雲は傾りを駆け上がり来る　（開聞岳）

登山道は海に突き出た円錐形を右廻りに一周する形でつけられているが、山の南面と西面の道は大迫力である。

山の斜面が足の下から急勾配で海に雪崩れ落ち、逆にこの急斜面を雲が物凄い勢いで駆け上がってくるのである。

⑳太平洋をほしいままにす屋久島の宮之浦岳頂上に立ち　（宮之浦岳）

日本最南端の百名山、宮之浦岳への日帰り登山が唯一可能なのは淀川登山口の道である。暗い内から登りはじめ、日本有数の高層湿原の花の江河の草紅葉を愛でながら昼前に宮之浦岳頂上に達した。西方の永田岳の先から北方にかけて拡がる太平洋を望みつつ、百名山と太平洋という不思議なとり合せにいささか戸惑っている私がそこにいた。

「百山百首」のエッセイ連載のスタートから三年余が過ぎた。締切や字数制限と戦いながらそれぞれの山への思いを精一杯盛り込んだ積りだが尚不充分といわざるを得ない。それぞれの山の様々な記憶のうち書き尽くせなかった部分は次の世まで運んで行く他ないのだ。

私の生涯にひときわ強い彩りを与えて呉れたこの国の百名山に感謝しつつ、また拙いエッセイに三年余りもお付き合いくださった読者の皆様に心からお礼を申し上げて筆を措くこととする。

（「合歓」六八号）

Ⅲ　ミッセラニアス

百名山お礼参り

平成二十一年秋に百名山登頂を達成した私は、何故か、若い頃に集中的に登った白馬、五竜、鹿島槍の後立山の峰々や、槍・穂高、それに谷川岳を加えた六座の山々にお礼参りをせねばという気持ちに捉われた。その理由は私の登山がこれらの山々からはじまったということや、それ以来五十年近くご無沙汰しているという一種の負い目が私の心の中にあって、百名山登頂達成に浮かれる以前に、これら登山初期のころの山々への再訪と挨拶が必要だと感じたからではないだろうか。

という訳でお礼参りを翌平成二十二年夏の白馬三山、唐松岳縦走からはじめた。昔の白馬登山が二回とも北からの白馬大池コースだったので、今回は白馬大雪渓ルートをとり、三・五キロにおよぶ日本最大の雪渓の登り道を堪能した。さらに白馬三山から南に脚を伸ばして天狗の大下りや不帰の嶮を通過し、むかし辿った白馬周辺登山ルートの空白を埋めることができた。日本有数の白馬岳山頂周辺のお花畑を楽しみ、後立山連峰縦走路の中でも最難関と目される不帰の嶮の凄さをたっぷりと味わって、唐松岳から八方尾根、八方池に至る尾根道を下山した。

次いで同年八月家内の妹夫婦と四人で槍・穂高に出かけた。初日は徳沢に泊まり、二、三泊目は槍登頂のために標高千八百米の槍沢ロッジ、四、五泊目は穂高登山のために横尾山荘に泊まり、三日目に男性組が槍頂上往復、女性組が天狗原の秘境探勝、五日目には男性組が奥穂高頂上往復、女性組が途中の涸沢探勝に挑戦した。三日目の槍ヶ岳往復は九時間十分と若者なみのペースで達成。ほぼ半世紀ぶりの槍の穂（頂上）への道は渋滞を避けて登りくだりが別の一方交通になっていた。女性組の天狗原探勝も家内が入口、義妹が中心部まで到達し十分な成果であった。五日目の奥穂高頂上往復は十一時間半を要し、年齢不相応な強行軍でさすがに疲労の極を味わった。また槍・穂高とも頂上到着が昼ごろになるため雲が出て、東側の常念山脈が望めただけで半世紀ぶりの四方大展望はかなわなかった。女性組も目的地の涸沢まで到達し、日本一の大カールと周囲の穂高連峰群の眺めに感動したといささか興奮気味であった。

五日目、奥穂高登頂と涸沢探勝に行く日の早朝、暗いうちに目を覚ました私は横尾山荘の前に出て西南の方向に聳える前穂高岳東面の大岩壁を仰ぎ、この大岩壁に朝の光が当たる瞬間、つまりモルゲンロートの輝きを写真に収めようと狙いを定めた。家内にもその光景を見せてやろうと思いたち、部屋にもどってまだ寝ているところをゆり起したというのが今回の私の歌集の中の一首であり、歌集名もこの一首からとることとなった。

翌平成二十三年六月の谷川岳登山は残雪の道を楽しんで登った。トマの耳から最高点のオキの耳に至り、よく知られた魔の谷、一ノ倉沢をこわごわ覗いてみたり、北方の一の倉岳や茂倉岳の残雪ひかる稜線や尾根筋のタカネザクラの花を愛でて、大むかし嵐の中を登頂した時の記憶の空白を埋め合わせることができた。

そして八月最後の難関である五竜・鹿島槍縦走に、五十三年前のわたしの北アルプス初登山のルートである遠見尾根の道からとりついた。長丁場ながら調子よく主稜線上の五竜山荘着。二日目は、五竜岳登頂の後キレット小屋、難所の八峰キレットを通過して鹿島槍北峰に登りつめ、天空の吊り尾根からの展望を楽しみつつ最高峰の南峰に登頂し、布引山を経て冷池小屋まで九時間半の予定が十一時間余りを費やす誠にきつい一日となった。後になって歳を考えてちょうど行程の半分の位置にあるキレット小屋に一泊すべきであったと反省した。三日目は冷池小屋で最高のご来光を拝めたし、爺ヶ岳から種池山荘までの尾根道からは、雪渓を何本も身にまとった立派な劒岳や、真っ白なカールをいくつも胸に抱く立山や薬師岳の連峰が望まれ、南方には鷲羽岳、水晶岳の黒部源流の山々から槍、穂高の堂々たる山塊、さらに遠方の白山までも見わたすことができた。ふり返れば整った双耳の峰から柔かな稜線をひく鹿島槍の秀峰が悠然とわれわれを見送ってくれていた。大満足で山々にわかれを告げ、扇沢への道を下ってこのきついながらも素晴らしかった百名山お礼まいりの旅を終えたのであった。

（「まつかげ」22号、一部加筆）

思い出日記・スイススキー旅行
（ダボス、サンモリッツ、ユングフラウ）

暖かい伊勢志摩国立公園の鳥羽で生まれ育った私は、少年のころ冬の山でチャンバラやめじろとりのあい間に、伊勢湾のはるか奥、北方に白く浮きたつ御岳のすがたを見て、大きくなったらあのような神秘的な山に行ってみたいと漠然と考えていました。昭和三十一年のはじめ十七歳で高校二年生であった私は、イタリアのコルチナダンペッツオでの冬季オリンピックで猪谷千春選手が回転競技で銀メダルを獲得したという新聞記事を見て、これはヨーロッパのアルプスでのことなんだ、自分もいつかそこに行ってみたいものだと思いました。大学入学後初めての冬からスキーをはじめ、当時日本のスキー界を席巻していたオーストリアスキー教程によるレッスンを受けました。小さい頃から憧れてきた雪山と十七歳の時に思ったアルプスでのスキーという〝若き日の夢〟実現の話をぜひ聞いてください。

●平成17年2月11日（金）

前日わが家に泊まった次男を起し9時出発、10時過ぎ成田着。ＡＮＡのカウンターでは何とスキーにこわれ物のタグをつけてくれる。12時55分定時出発約12時間でフランクフルト、乗りついでチューリッヒ空港着、列車を二回のり継いで23時10分ダボス着、駅前のホテル、バーンホフテルミナス着。成田より18時間、自宅より22時間の旅。ホテルの部屋で荷物を解いて01時30分就寝。長旅で少し疲れた。

●2月12日（土）

ダボス駅のうら山のヤコブスホルン（２４００米）でのスキー。街は小雨で山は小雪だが気温は高く、２５００米近い高地なのに雪質はもうひとつどころか少し重い。はるばるアルプスまで来てこの雪ではと息子と嘆息。雪質の良さそうな斜面を選んで滑ってアルプスでのスキー初日を終了。スーパーに水とビールを買いに行く。

●2月13日（日）

パールセン・バイスフルー山でのスキー。駅前から循環バスでドルフへ。日曜とあって家族ずれを含め大変な混雑。一日中吹雪、時折雪が止んでも日は差さず、斜面のよく見えない足探りでの滑走に苦労する。２４００米から街までの標高差９００米の下り道は、雪もよく斜面もよく見えて楽しんで滑って街まで帰って来た。ちょっとしんどい面もあったが雪質は申し分なくまあまあの一日であった。

●2月14日（月）

サンモリッツへ。今日のお目当てはコルバッチ展望台からピッツベルニナ（４０４４米）を眺めることにある。ダボス中央駅より出発。息子が国際携帯電話で家内と自分の家に電話してお互いに「戸締りに気を付けて」「スキーに気を付けて」といい合っている。便利な時代になったものだ。

一時間二十分後サンモリッツ着、郊外へのバスに乗るのにちょっとオタオタしたが、やっとコルバッチの麓のロープウェイ駅へ。すでに11時半、午後からの半日券を購入、二人で１０４フランと立派なお値段。ロープウェイを二度のり継いで３３００米のコルバッチ展望台へ。三大アルプス以外の地域で唯一の四千米峰であるピッツベルニナは、無情にも深い霧のために至近距離にもかかわらずまったく見えない。また何時か来るぞ！　といい残す。

コルバッチ展望台（３３０３米）からロープウェイ中間駅（２７００米）に向け滑ろうと外に出る。強風で気温は零下21度、お天気なら何てことはないが気象条件が厳しいので危険と見たら上にひき返す覚悟が必要。「でないと危ない」「山をなめたらあかん」と息子にいう。息子うなずく素振り。分かっているのか分かっていないのか良く分からぬ。硬いバーンに百から二百米ごとに止まって膝の上の筋肉を休める。息子は若いので三倍くらい行く。追いつくが高級手袋を買った筈なのに指先が痺れてくる。膝はまるでやけ火箸を突き刺されたように痛い。四十八年のスキー歴で日本では経験したことのない硬くてまるで氷のようなバーンだ。斜度がきつくない点が救いだと辛抱しながらさらに行く。止まって休んでもうここまで来たら引き返すにも一時間やそこらでは登って行けない。えいままよと三百から四百米ほど下ったあたりから風当りが楽になり、雪面も少し柔らかくなって膝が楽になる。ようやく広いパウダースノウの斜面に出て、標高２７００米の中間駅に着く。

ほっとするとともに「まったくいい年をして」とひとり苦笑する。息子は何でもなかったようなそぶりでカメラを取り出している。こちらは大変だったというのに、まったく憎らしいような、頼もしいような妙な感じ。その後標高2700米から2000米の間の約3キロのよく整備されたパウダースノウのバーンを五、六往復、いわゆるアルプスでのスキーを堪能することができた。2000米駅からコルバッチのバス駅までの4～5キロのコースも写真を撮りながら楽しく滑走し、バスでサンモリッツ駅着、四時の汽車に乗って年甲斐もなくルンルン気分でダボス駅に帰ってきた。ちょうど五時半黄昏だ。雪山の残照が下の街を照らす何ともロマンチックな光景だ。ホテルの部屋に帰って息子とビールで乾杯。今日は年の割に（大した年ではないが、スキーヤーとしては）よく頑張って滑れたと自己満足。ホテルの夕食の美味しかったこと、ビールもワインもそれは美味しかった。長年思い続けてきたアルプスでのスキーに来て良かったと実感する。息子も大変満足の様子。その後は荷づくりが待っていた。明日はインターラーケン、ラウターブルンネンへの移動なのであまり感慨にふけっても居られない。荷づくりを終わってようやく十二時就寝。

●2月15日（火）

9時チェックアウト、9時34分ダボス発、フィリズールで氷河特急に乗り換え。それにしても2分ではちょっときつい。スキーと大きなラゲージをそれぞれひとつずつ抱えて若い息子が一緒に居ればこそ可能。フルカ峠近くで12時となりランチへ。

左右の美しいアルペンムードの風景を肴に息子と一杯やるワインの味は格別。メインはビーフストロガノフ、昔ロシアいやソ連で食べたものより格段美味い。峠をトンネルで越えてライン川からローヌ川の谷へ。十年前にトンネルになってからはローヌ川源流のローヌ氷河は見えない。どんどん下って5時間15分後ブリーク到着。この後氷河特急はツェルマットに向かう。われわれはレジオナルに乗り換えてトゥーン湖のほとりのシュピーツ、さらにインターラーケン・オストでまた乗り換えて漸く今後の滞在地、ラウターブルンネンに午後6時半に到着。延々九時間の汽車の旅だった。ホテルの車にピックアップして貰い、午後七時半ごろやっと夕食。スイスは狭いようでも広いなーと息子とビール、ワインで乾杯。

●2月16日（水）

ミューレンでのスキー。朝から雲が低くユングフラウよくが見えないのでミューレンに行く。十五年前の夏に皆で泊まったリゾートだ。夏はお花畑、いまは雪の褥だ。シルトホルン頂上の回転レストランを見上げ、今回はロープウェイが故障だからそこまでは行けないよと呟き、後はスキーに没頭する。雪質は大変良い。明日こそはお天気が晴れで息子にユングフラウの優雅な姿を見せてやりたいと祈りつつ休む。

●2月17日（木）

ユングフラウ、クライネシャイデック、ウェンゲンでのスキー。

朝から快晴だ。ユングフラウが頂上まで見事に見えている。待った甲斐があったと勇んで出発。駅で切符を買うと二十五パーセント引きでも一人百フランという立派なお値段。お天気の分もこみこみかと息子と笑う。ウェンゲン経由クライネシャイデックで乗り換えてアイガーグレッチャーからトンネルに入り、アイガーバント（アイガーの壁の途中にあけた窓）からグリンデルワルドの街を見下ろす絶景。次のアイスメール駅では左側のアレッチ氷河にくずれ落ちる氷塊のひとつひとつが丸ビルのサイズと息子に説明する。息子は無言で頷いている。ほどなくユングフラウヨッホ着、すぐに最高点のスフィンクス展望台へ。雲ひとつない快晴、今日で良かった。延々と流れてゆくアレッチ氷河、その上に聳える白銀の峰々、まじかに望むユングフラウ、メンヒの頂き、その上の青い青い空。わたしも息子もしばし見とれて大満足。父（四回目で三回の晴れ）が晴れ男か、初回で晴れの息子がそうか等といい合いながら記念撮影の後クライネシャイデックまで下りてランチ。午後の滑走があるのでビールは五百ミリ缶を半分ずつで辛抱して乾杯。

いよいよクライネシャイデックでのスキー。まずグリンデルワルド方向にむけ約千米のリフト一本分滑走、リフトでクライネにもどり背後のラウバーホルンのリフトに。大勢のスキーヤーが蟻のごとく滑走してくる。頂上より右手右手に下り長いながい十数キロの雪質のよい斜面をウェンゲンの方向へと滑走。この時一首が浮かんだ。

若き日の夢はかなひぬ我はいまユングフラウ背にシュプール画く

ウェンゲンの街を南から北へ横切ってロープウェイ駅へ。すでに午後四時だがかまわず頂上のメンリッフェン(2239米)へ。東方のグリンデルワルド方向にリフト一本分を滑走し、再びメンリッフェンに戻って四時三十五分。これから五時のロープウェイ最終便までの時間が今回の旅行のひとつのハイライトであった。右(西)のラウターブルンネンの谷は雲海、その上にシルトホルン、ブライトホルンなど。正面右からユングフラウ、メンヒ、アイガー、シュレックホルン(これまで位置の関係であまり見たことがなかった。

こんなに鮮やかに天に向かって聳えているのを見るのは初めて）、さらにカレンダーなどで見なれた特徴あるベッターホルンなどの四千米の峰々、まさに絶景かな、絶景かな。このたった二十五分の展望だけでも今回このベルナーオーバーランドに来た甲斐があったというものだ。息子と代わるがわる記念撮影をしてウェンゲン経由ラウターブルンネンのホテルに帰って来た。今日は最長にして最良の一日であった。息子もすこぶる満足げ。最後の夕食はチーズフォンデュ、ビールとワインの美味しかったこと。明日はいよいよ帰りの移動日だ。荷物をまとめて満足な気持ちで就寝。

●2月18日（金）チューリヒ

観光の後日本に帰る日。ラウターブルンネン駅からインターラーケン・オストとベルンで乗り換えチューリヒに12時着。ヨーロッパ初めての息子の為に市内見物へ。教会を三ヶ所見学するも内部は誠に質素でキリストの像もマリア様の像もなく、ただ祈りの席と説教台のみ。スイス・プロテスタント、ルター派の教会はかくも素朴なものかと、これまで見てきた北方プロテスタントやカソリックの教会との差に小生自身が驚く。

帰路は雲ばかりシベリアのオビ河、エニセイ河、レナ河もアムール河も見えず一時間遅れで無事成田着。九日間の内五日間のスキー、四日間の移動と汽車の乗り換えで少し疲れたけど、今回の旅で五十年近く前からの夢が実現できて本当によかった。息子よ、ボディガード兼ポーター（大半はこれだった）ご苦労さん。スポンサーの弟（航空券）、とかみさん（肝心のお金）、それに最後の最後に快晴の最高のお天気をくれた長年わたしの信仰するスキーの神様に感謝しつつ、この長いようで短い、いや短くても素晴らしかった夢のヨーロッパ・スキー旅行の手記を終えることとする。

長々とお話申し上げお耳を煩わせました。何しろ五十年近く思いつづけてきた夢なのでつい話が長くなってしまいました。ご静聴ありがとうございました。

（「化燃会報」第5号）

淡墨桜

平成八年岐阜市での単身赴任の初めての春に、西濃地方の根尾村に千五百年を経た古い大きな桜があると聞き、その桜、淡墨桜《うすずみざくら》を訪ねました。その桜は満開をすぎた頃から散り際にかけて、白い花びらが薄くかすかに墨をひいたように透き通って見えるというのです。

私が訪れた時も満開の直後で、透き通るような花弁の白さになるほどこのような状態を「うすずみ」というのかと感じ入りました。さらにその由緒を記した歌碑によれば、何とその桜は、のちに継体天皇となられる太迹王《おおどおう》が、祖父の時代の中央の政変を逃れてこの地に隠れ住み、政権交替とともに皇太子として都に呼び戻される際に、永年ともに暮らした村人への感謝と惜別の情をこめて自分の形見にと植え遺《のこ》された桜だというのです。

歌碑の歌は

身の代と遺《のこ》す桜は薄墨よ千代にその名を栄盛《さか》へ止むる

というものです。中央の政変を逃れて美濃の山中でひっそりと隠れ住んでいた頃の状況を薄住（薄幸）と表現し、桜の散り際の淡墨の状態に掛けて歌に詠み込んでおられるのです。

樹高十数米、枝張りは四方に二十数米、この日本最大の桜は、戦前の地元の篤志家の根継ぎによる蘇生措置と、伊勢湾台風後の作家の宇野千代さんの呼びかけによる延命処置により、その後も毎年春には立派な花をつけ、今では全国から観光バスが列をなす盛況です。

この淡墨桜をふくめた日本三大桜の中で、最古樹齢二千年といわれる甲斐山高の神代桜も、樹勢では一番の樹齢千二百年という会津三春の滝桜も、いつ誰によって植えられたものかまったく不明であるのに対して、この淡墨桜は何と時の皇太子が自らの思いを込めて植えられたものであり、それが紀元五世紀末のことであり、したがって樹齢は千五百年とはっきりしているのです。太迹王の隠棲地が越前、いまの福井県であったとする日本書紀の記述と異なり美濃であったこと、皇太子として都に上る際に桜を植え、歌を遺されたことを秘かに伝える尾張一之宮の真清田神社に伝わる「真清探當証」なる謎の古文書の話は次の機会に譲るとして、樹齢は二番目でも文句なしに日本一大きく、かつ由緒正しいこの桜を是非いちど訪ねて見られてはと皆様方にお奨めする次第です。思えば私の歌作は、この年の春の一日にこの桜と出会った感激を忘れ得ず、その夜なんとか歌に詠みたいと苦吟したことからはじまりました。苦労して作った四首のうち三首は「たんか央」の第十七号に投稿させて頂きました。

千代かけて栄へ止めし淡墨のさくら咲くなり根尾の谷中に
身の代と千五百年永らへし根尾の奥なる淡墨のはな
根尾谷の地震断層坂となり百年のちも鮮やかにあり

もう一首は　身の代の淡墨桜永らへし太迹《おほど》の皇子の願ひのままに

というものでした。私に歌をはじめさせてくれたこの桜を生ある間にもう一度訪れたいと思う今日この頃です。

（「央」19号、一部加筆）

心に残るうた（1）

恋すてふわが名はまだき立ちにけり人知れずこそ思ひそめしか　　壬生忠見

小学生の頃から正月の百人一首のかるた取りが大好きで、大人に負けまいと懸命にとり組んだものだった。得意札は子供にも理解しやすい叙景の歌にはじまり、年齢が進むにつれて難しい恋の歌にも理解がおよぶようになっていっそう楽しさが増していった。

その中でなんとなく惹かれながらも、歌の真髄というか真の良さを充分に理解できぬまますっと心に懸っていたのが、この百人一首第四十一番の壬生忠見の歌である。

この歌は解説本にあるように、天徳四年（九六〇年）の内裏歌合せに於いて「忍ぶ恋」の題で同時代の有力歌人平兼盛の

しのぶれど色に出にけりわが恋はものや思ふと人の問ふまで

という歌と優劣を競わせられ、兼盛の歌が勝ったので忠見が大層悔しがったという事実に加え、忠見が落胆のあまり病気になって死んでしまったという作り話まで語られるほど、当時の世人の注目を集めた歌であったと云われている。

この歌の意味するところは青年の頃までには概ね理解していたが、かかり結びや動詞の活用の詳細にいたるまで文法的に正しく理解できたのはつい最近のことであり、私は恥ずかしながらこの歌の正しい解釈に行きつくまでに六十年あまりを費やしたということになる。今では恥ずかしいというよりも死ぬまでに分かって良かったというほっとした気持ちである。

さて天徳の歌合せで対決した上記の二首であるが、私なりに何度よみ返してみても甲乙つけがたいと思う。藤原定家が後年百人一首を選ぶにあたり、兼盛のうたを第四十番、忠見のうたを第四十一番と並べて採ったのは、定家として後世の読み人にどちらの歌が良いかを問いかけているのだと解釈すればいっそう興味が湧くというものだ。

解説本によれば忠見のうたは歌合せには負けてしまったが、後世この歌の方が趣が高いと評価する説も多いという。つまり定家はある意味で逃げてしまった訳だが、往年のかるた大好き少年の私としては自分なりの結論を出さねばならない。

そしてこれはまさに私見という他ないのであるが、兼盛のうたは表現がやや直截的に過ぎるのに対し、忠見のうたでは具体的な描写は避けて薄紙に包んだような慎ましやかな表現が用いられており、歌としての趣では優るのではないかと、決して敗者への肩入れなどではなく思うのである。

この件についての読者の皆様のご意見は如何なものでありましょうか。

最後にこの話に関する私の感想を狂歌二首で。

病みて死ぬるほどのこととは思はねどいのち懸けたるうた詠みの意地
病みて死ぬるほどにその名を惜しむともいのち絶えれば歌も詠めまいに

(「央」31号)

心に残るうた（2）

花咲かば告げよといひし山守の来る音すなり馬に鞍おけ　　源　頼政

「従三位頼政卿集」の中の一首。宮中に巣くう怪獣、鵺《ぬえ》を退治したことで知られるこの武人は、一方で平安末期の院政期に優美闊達の風流人として名を馳せた歌人でもあった。

春さくらの季節になると、その開花や花のさかりを見のがすまいと気分が落ち付かないのは今もむかしも同じだが、この作者のさくらの開花を待つ気持ちの強さは並みではなく、その時を直ちにしらせるよう山守に厳命していたに違いない。

山守は知らせが遅れては主の怒りを被るから大急ぎで山を駆け下ってくる。その馬の蹄の音が近づくのをいち速く聞き分けた主が思わず叫んだのがこの一首なのであろう。

初句から一気呵成にテンポよく状況を述べた見事な四句切れ、続いて力強い命令形の結句がうたをきりっと引き締めて、いかにも武人の歌らしい、いち分の隙もない緊張感を醸し出している。

古来さくらや花について詠まれた名歌は数多いがこのように前向きに威勢よくうたい上げられた例はあまり見たことがないように思う。

花の盛りが過ぎてゆくさまを自らの老いになぞらえて嘆いてみたり、花の散りざまに心を痛めたり、はては死ぬならば花の下でなどと何とも晴ればれとしない歌がかなり多い。最初の例が小野の小町の「花の色はうつりにけりな……」の歌、次が紀友則の「ひさかたの光のどけき……」の歌、最後がこれまたよく知られた西行法師の「ねがはくは花のもとにて……」の歌などである。さらに在原業平の「世の中にたえて桜の……」の歌ではまるで桜のない春を望んでいるかのようである。

花やさくらについて屈折した歌が何故こんなに多いのかといささか苛々しながら「古典名歌選」なる虎の巻を繰っていて、ちょっと愉快な歌を見つけてたちまち機嫌がなおった。

見わたせば柳さくらをこきまぜて都ぞ春の錦なりける　　素性法師（古今集）

このように面白い桜がらみの歌が見つかったので気分よくこのエッセイを終わろうとしたのだが、大事なことをひとつ思い出した。

頼政卿の歌の後に屋敷内で何が起こったのか、私なりの結末を語らねばならない。主の気短かな性格を熟知する家来どもが素早く馬をひき出し鞍を乗せたと見るや否や、頼政卿はひらりと馬にまたがり、ひと声発して山に向かって駆け出したのである。

馬の腹を蹴りつつ殿は叫びたり　われに続けや酒も忘るな

はっと気づいて自らの馬をひき出す者、酒蔵に走る者、肴も要るぞと叫ぶ者など、大混乱の中で、いったい何騎ほどの家来が殿を追う事ができたのであろうか。想像するだに楽しくなるのである。

（「央」41号）

心に残るうた（3）

チンパンジーがバナナをもらふうれしさよ戦闘開始をキャスターは告ぐ　栗木京子

作者の第五歌集『夏のうしろ』の最後の小節（二〇〇三年の梅）の中の一首。この歌の前には（日本時間三月二十日が最後通告の期限）という注釈つきで次のような歌がある。

豌豆のすぢ取りながら聴きてをり期限切れまであと五秒・四秒

時は二〇〇三年三月二十日、米軍によるバグダッド攻撃開始前の秒読みの状況がテレビで放送されており、遠く離れた日本にいながらも緊張しつつそれを見ている作者の様子が伝わってくる。

さて冒頭の歌であるが、多分その日の内にニュースキャスターがイラクでの戦闘開始を告げたのであろう。その声の調子が、チンパンジーがバナナをもらう時の嬉しさを連想させるというのである。何という思い切った詠いぶりであろうか。文字通りキャスターに対する痛烈なアイロニーであって、その迫力たるや尋常なものではない。どこかで読んだのであるが、この歌を後で知ったあるニュースキャスターが強いショックを受けて、しばらくこの歌が頭から離れなかったと述懐していたそうである。

キャスターもプロであるから日常のありふれたニュースならば落ち着いて話すこともできたであろうが、イラクをテロ国家だと一方的に決めつけて攻撃するというアメリカの行動に当時世界中で非難が渦巻いていた位だから、この特別なニュースを伝えるキャスターの声もいつもより高ぶったものになってしまったに相違ない。そこをズバリと捉えて、このキャスターの高揚ぶりは、バナナを貰うときのチンパンジーの喜びと同じなのだと、痛烈にいいきって見せた作者の鋭い切り口に感じ入った次第である。

この作者の持つ独特の批評精神は、女性歌人としては珍しい鋭い社会詠ないし時事詠となってその作品群に巾広さと深さを齎している。

参考までに迢空賞受賞となった次の歌集『けむり水晶』から次の二首を引いて見る。

囚はれのフセイン喉をさらすとき世界中から舌圧子迫る
日本を悪役に据え高まれる愛国思想か北京晴天

一首目の「世界中から舌圧子迫る」はフセインに対する世界中からの叱責を連想させ、二首目の「日本を悪役に据え高まれる」も皮肉たっぷりで秀逸である。

私は過去新聞歌壇などで、この作者に社会詠や時事詠を何首か選んで貰った記憶があり、昨年末の短歌新聞の終刊以来この作者が選歌を担当する講座への出詠機会がなくなったことを嘆いている。いつかまた機会をとらえて再びこの作者の短歌講座に投稿して見たいと考えている。

（「央」48号）

心に残るうた（4）

運ばれしビールの泡の消えぬ間に願いごとひとつ海辺のカフェ　　一條美瑳子

ちょうど九年前、市の広報を見て生まれて初めて短歌講演会なるものを聴きに出かけ、続いて開かれた歌会でこの歌に出合った。いわゆる花鳥風月を客観的に詠うのが短歌なのだと漠然と考えていた当時の私にとって、この歌はひとつの驚きであった。歌の中心に自分を据えて、ビールの泡が消えてしまわぬ内にいそぎ願いごとをするのだという極めて主体的かつ能動的な「私」が詠われているのだ。どんな願いなのかは明かさず読者の想像にゆだねる設定も巧みで、このような上四句の仕掛けが功を奏してか、結句の「海辺のカフェ」がただのカフェではなく、とてもモダンでお洒落なカフェとなって読者の眼に浮かんでくるのだ。九年前のあの秋の日、この歌によって私の短歌に関する既成概念は大きく揺さぶられた。

とりわけ身のまわりの事物、風景を材料に、かくもスマートで浪漫的な歌が一般の市井の歌人によって詠まれていることに感動した。そして短歌というものへの私の認識がそれまでの狭い範囲から大きく拡がって、とても広い魅力的な世界に見えてきたのであった。以来三十一文字のこの不思議な世界に引きこまれて今日に至っているのである。


脱水を終へたる白きブラウスに絡まる夫のシャツ振りほどく　　斉藤千寿嘉

それから間もなく誘われて入会した別のグループの歌会で二、三年後に出合ったのがこの歌である。この間いろいろな歌にふれてある程度慣れっこになっていた私の感覚が、この歌を読んだ瞬間ふたたび大きく震動した。いつもどおりの平穏な日常生活の中からなんと新鮮で温かいひとこまを切りとったものかと、作者の感性と手腕に驚嘆したのである。

この歌には読者の誰もが思わず微笑んでしまうような温かさが満ちている。

「ふりほどく」などとやや素っ気ないが、実は大人だけに分かる大層巧みな相聞の歌なのだと解釈した。

さらに深読みが過ぎるかも知れないが、この歌はわれわれ人間も含めた自然界に於ける雌性と雄性の生態や行動原理の相違まで暗示しているように思われる。つまり雄性は常に雌性を追いかけ、雌性は優雅にひとまず逃げて見せるものなのだ。さりげない日常詠に見えて、実はこの歌はこのような深読みができる凄い歌ではないかと思うのである。

以上私の心に残る歌を二首あげた。作者の意図とはかなり違う読みもあるかも知れないが何卒お許しを願いたい。この二首の歌の作者は、それぞれ月に一度の歌会の後に楽しく酒を酌み交わす「歌・酒仲間」であるので、この誼を以てお許しはすぐに頂けるものと信じているのである。

（「央」52号）

私の好きなうた（1）

あかねさす紫野行き標野行き野守は見ずや君が袖振る　額田王
紫草《むらさき》のにほへる妹を憎くあらば人妻ゆえに我《あ》れ恋ひめやも　大海人皇子

高校一年の国語の教科書に万葉集のこの二首がならんで載っており、兄に奪われた昔の恋人に未練をこめて袖を振る大海人の皇子の一途な姿が、ちょうど少年期の終わりにあった私のこころを強く捉えました。

大学を出て大阪に就職した私は、近鉄の上六駅から八木を通って郷里の伊勢にむけ帰る途中、大和三山の近くを通るたびに、このペアの歌と天智天皇の〈香久山は畝傍を惜しと耳成と相争ひき……〉という歌を思い出して、ああ自分はいま千三百年むかしのいわゆる「三角関係」の空間を通過しているのだなと一人で感慨にふけっていました。

近鉄特急が八木駅に停まるたびに「耳成よ嘆くなよ、もっと良い女をみつけろよ」とすぐ左がわの耳成山に話しかけていました。若葉のころの耳成山はこんもりと木々が茂って美しく雄々しく見えました。

最初に右に見える畝傍山は、北斜面のせいか山が黒く見えてなにか魔性のようなものが感じられたし、耳成山の南にある香具山は、木が少し生えているだけで少し貧相に見えました。

この大和三山が作る直角三角形の斜辺の真ん中を、西から東に横切って電車が走って行くのでした。その後も八木駅通過のたびにいつも耳成山に話しかけていましたが、耳成山はいつも無言で、四季折々の装いで悠然と私を見送ってくれていました。

（「合歓」34号）

私の好きなうた（2）

白砂はサンゴの死骸さらさらと素足に踏めばかすかに泣けり　　久々湊盈子

作者の第七歌集『鬼龍子』の中の沖縄旅行の際の一首。

浜辺の砂は白く、それはみな珊瑚の死骸が砕けたもので、粒が細かく踏んで歩くとキュッキュッと鳴るという。この砂の鳴る音を「かすかに泣けり」と詠んだ作者の胸裡にあるものは、前後の歌から読みとるに間違いなく第二次大戦中の沖縄戦のことなのであろう。

沖縄は本土に対する捨石となって大戦末期に地獄の苦しみを受けたのであるが、作者はこの沖縄の受難の歴史を珊瑚の死骸になぞらえ、白砂の鳴る音は沖縄が今の今も泣いている声なのだと一首の中で表現しているのだ。この歌を含む約十首で作者は沖縄戦の状況を現出しているが、その詠いかたはいっさいの感情を交えずに、「供えある煙草」「塹壕」「戦没死者の碑」「自決を選びしところ」「闇が詰まっている洞窟」「死を積みあげし岩棚」等々、事物や場所の名を列挙することによって、戦闘の悲惨な状況を客観的に描き出し、それが却って読者の胸を深く突き動かす結果となっている。

この歌を含む主に沖縄戦を詠った「若草」の章の中で、感情の動きを表す言葉はこの歌の中の「かすかに泣けり」だけである。思うに作者は、この歌を沖縄戦にかかわる歌群の中の中心をなす一首としてこの位置に据え、たったひとことでこの章のテーマを総括しているのであろう。

このことに気づいて思わず、「ああ沖縄よ汝を泣く」という一節が頭に浮かんだ。しかるにこの一節が、その時の作者の心象を正確に代弁し得たものであるかどうかは、未熟な私には推し計りようもない。ともかく「言少なくして語らしむ」の絶妙の境地をこの歌に垣間見た心境である。

（「合歓」45号）

私の好きなうた（3）

三人子のよき父親となりたれど母ちゃんの炊き込みご飯食いてえと来る

久々湊盈子

作者の第八歌集『風羅集』の中の一首。家庭の暖かさと母と子の絆が「炊き込みご飯」によって力強く立ち上がって来る一首である。よく読むと三十一文字の定型からは五、六字多い字余りの歌なのだが、それはほとんど気にならないし、少し字余りなところが却って家族どうしのつながりや温かさを感じさせ、同時に何とも心地よい韻律の効果を齎してくれるのだ。何回か読みなおして気づいたのだが、仮にこの歌の第三句の「なりたれど」がなくても、第二句の「父親と」を「父親が」に変えれば、次の長い第四句の前半の「母ちゃんの」が第三句となってきちんと歌は成り立つ。また第四句の前半の「母ちゃんの」

がなくても歌意は充分に伝わる。炊き込みご飯は母ちゃんの手料理に決まっているからだ。

しかしながらこの歌を無理に三十一文字の定型に収めてしまう必要はまったくない。何故なら「なりたれど」も「母ちゃんの」も、それぞれに歌の響きをささえる重要な役割を果たしており、その結果上述のごとく、何とも心地よい韻律の効果が醸し出されているからである。

久しぶりに「うたことば」がそれぞれに持ち得る意味の広がりと、それらの組み合わせによる相乗効果の魅力を感じさせてくれる一首であった。

（「合歓」63号）

私のうた（1）　「思ひ出」

塩焼きの鮎の二匹は雌雄なりこころ詫びつつ丁寧に食む

平成八年の八月の末、飛驒高山に出張した私は仕事の後に清酒と「起し太鼓」で有名な飛驒古川の梁を訪れました。宮川の支流である荒城川の奔流が大がかりな臨時の堤防によってせき止められ、勢いよく梁に突っ込んでくる様子はとてもダイナミックで、梁にかかり簀子《すのこ》の上でとび跳ねる鮎の鱗が初秋の陽光に映えて、それはそれは美しい印象深い山里の光景でした。

ほとばしる流れより跳ぶ鮎の背は秋日はじきて銀輪となる

そのあと梁の食堂で鮎ずくしの昼食を頂きましたが、鮎の雌雄のペアを人間がたった一人であっさりと食べてしまうなんて、人間とは何と罪深いものなんだろうと気が咎めて冒頭の歌となりました。その時に、私を梁に連れて行ってくれた高山在住の老朋友《らおぽんゆう》のひと言があり、ほっとして気が楽になりました。

　　老朋友は鮎は一年魚なりと言ふいささか安堵し味はひて食む

「こころ詫びつつ」も少し「安堵」して、いっそう丁寧に、かつ味わってその料理を頂いたことでした。お互いに引退後の身とて再会できぬまま日を過ごしていますが、時々あの印象的な山里の梁の光景と老朋友の柔和な眼差しを思い出して、十年前の秋の日を懐かしんでいる私です。

（「央」22号）

私のうた（2）　「父をうたふ」

空襲を避けつつ幼き吾《あ》をつれて骨つぎの名医を訪ねし父は

昭和二十年、終戦の年の初夏、空襲警報解除後の登校の際、私は教室への一番乗りを叫びつつ教壇の先生の机の上に跳びあがった。おそらく罰があたったのであろうか、次の瞬間私は足を滑らせて床に転落し、左腕骨折の重傷を負った。

その後骨折した左腕の経過が良くないと見た父は、三重県下で名の知られた骨つぎ医院への数回の通院を敢行した。というのは折しも戦争末期、乗っている近鉄電車がトンネルの中に止まって艦載機の銃撃を避け、警報が解除されるとまた動き出すというありさまで、まさに命がけの難儀な通院であった。幼い私は真っ暗闇の中でひたすら父の腰にしがみついていたのだが、あの時の父の温もりは六十六年を経た今も記憶に鮮明である。冒頭の歌は、平成十年二月、父の没後に詠んだ挽歌の中の一首で単なる行動記録の歌なのだが、私にとっては忘れがたい記憶の詰まった特別な歌なのである。それにしても平時に於ける父の歌がほとんどないのはいささか不思議である。

背にまはり書を教へくれし父の手の温もり憶ふ花冷えの午後

これは父の死後四十九日の納骨の後に妹が書き送ってきた一首で、平時の父の姿を偲ばせるに十分である。書画を好み、川柳と詩吟を趣味とした九十一歳の生涯であった。

（「央」44号）

私のうた（3）　「食べ物を詠む」

くたくたに煮くづれた雑煮もちが好き蔑むやうな眼差しが来る

おせち料理を肴に屠蘇酒、そして雑煮というのが正月三が日のわが家の朝餉である。さて屠蘇酒が終わって雑煮の段階で、私はその日食べる二個か三個の餅のうち一個をあえて鍋の中に残して置き、最後にその一個を食べるのである。鍋の中でとろとろ、くたくたになっている餅を盛りつけて貰うのだが、ある時妻の眼がなにかを語っているように見えた。かくも煮崩れた餅がどうして良いのかといぶかり、非難ではないが少し軽蔑しているかのようなニュアンスを感じたのである。妻の眼差しの一瞬の変化を捉えたのがこの一首である。

さてこの一文を書いていて結構食いしん坊の私なのに食べ物の歌は意外に少ないと改め

て思った。
最後に数少ない食べ物の歌を二首。

濃き汁の味よし葱よし伊勢うどん母の生まれし街の名物
もったいないで育てられたるわが世代ポテトチップも残さずに喰ふ

（「央」53号）

あとがき

今年の一月末のことですが、所属する「合歓」六十八号へのエッセイ「百山百首」最終回の原稿を編集部へメールで送り終えた瞬間、重い肩の荷を下ろしたような何ともいえない解放感を味わいました。

「合歓」は三か月に一度の発行ですからそれほどきつくはないのですが、途中で止めてはいけない、何とか最後まで完結したいという気持ちが強く、連載していた三年三か月は私にとってとても長い時間に思えました。

そしてその数日後、この全十三回にわたる「百山百首」のエッセイを一冊の本に仕上げておかねばと改めて思いました。というのは、今後の私の人生の中で、それぞれの山について追憶をめぐらすであろう時に、この十三回分のエッセイの存在が不可欠であり、それが一冊に纏まっておればはるかに便利だと気がついたのです。

そうなると、その前段階の「日本百名山登頂記」（短歌誌「央」に掲載）を冒頭に置かねばならず、ならばついでに、これまで「央」、「合歓」や「まつかげ」（松戸短歌会会誌）などに折にふれて書かせていただいた雑多なエッセイも一緒に一冊の中に含めておきたい、と思うにいたって、まるで寄木細工のようなエッセイ集が出来上がりました。

読者の皆様には、所詮、歌集同様お目汚しでしかないのですが、久々湊盈子先生や、砂子屋書房の田村雅之氏のお奨めもあって、恥の上塗りとなるのも顧みず歌集に添付させていただきました。

私と致しましては、幼少、少年期に百人一首に親しんだものの、長い期間短歌に関わることなく過ごし、還暦近くになてようやく短歌とつき合いはじめた一人の人間が、あるきっかけでさらに深く、このえも言われぬ世界に引き込まれていくことになった様子を、このエッセイ集から読み取っていただければこれに過ぎる喜びはないと感じているのであります。

平成二十七年四月

楠井　孝一

エッセイ集　百山百首
二〇一五年五月一五日初版発行
著　者　楠井孝一
千葉県船橋市三咲六—三—一〇（〒二七四—〇八一二）
発行者　田村雅之
発行所　砂子屋書房
東京都千代田区内神田三—四—七（〒一〇一—〇〇四七）
電話　〇三—三二五六—四七〇八　振替　〇〇一三〇—二—九七六三一
URL　http://www.sunagoya.com
組　版　はあどわあく
印　刷　長野印刷商工株式会社
製　本　渋谷文泉閣